いりこの島
伊吹っ子に
生まれて

万喜
Maki

文芸社

目次

第一部　宝物

宝物

宝物　歌　伊吹中学校生徒　詞・曲　Ｉｋｏｍａｎ×伊吹いい子

一、見上げれば花浅葱　いつでも　僕等の笑顔映す
故郷は藍色の　温もり溢れた場所
島桜に染まる春　猫と並んであくびして
賑わう　いりこの夏　胸を焦がす　思い出達
今はまだ泣き虫で　小さな僕等も大人になり
一人飛び立つ時も　忘れないよ　忘れない

二、花咲き　緑揺れて　鳥達さえずる　命の唄

故郷は藍色の　温もり溢れた場所
坂道を振り返れば　茜の海　広がる秋
静けさ　寂し冬も　君の息吹　感じ眠る
過ぎ行く季節の中　過ごした時間は僕の誇り
いつまでも変わらずに輝き昇れ星よ　忘れない宝物

「次代を担う子どもの文化芸術体験」に学校側が応募して、観音寺出身の音楽プロデューサー生駒龍之介（Ｉｋｏｍａｎ）さんと一緒に作った島の唄がＣＤになりました。

ピアノの伴奏で歌う生徒達の声に、今では遥か遠くになった中学生時代に帰りました。

ふる里は良き宝物です。

アサギマダラ　～渡りをする蝶～

アサギマダラはアゲハチョウと同じくらいの大きさで、体長一〇センチ程。春になると南の台湾や南西諸島から日本の中部地方や東北地方に向けて、渡りをします。秋になるとまた南に向けて渡りをするのです。

アサギマダラに関心のある人達が観音寺市で、アサギマダラの飛来を初めて確認したのは二〇一三年（平成二十五年）五月。「スナビキ草」が自生する有明浜で見つけました。

瀬戸内海上がアサギマダラの飛来ルートではないか、そして伊吹島は休息地なのだろうと考えたのです。そこで伊吹島にアサギマダラを呼ぼうと〝有明の海浜植物とアサギマダラ飛翔会〟は二〇一五年、伊吹島に三百八十本のフジバカマを植えました。そして、その年の十月、五頭の飛来を確認したのです。
以降の活動は、次の通りです。

二〇一六年　伊吹島にアサギマダラを呼ぼうプロジェクト開始。飛翔会の人達と協力して伊吹小、中学校校庭にフジバカマを植える。その年、学校に一一〇頭確認

二〇一七年　七九頭

二〇一八年　七四頭

二〇一九年　七一頭　のべ数（十月中旬〜十一月中旬に飛来）

二〇一八年　岡山県の方が「キジョラン」の苗を送ってくれる。この葉にアサギマダラが卵を産む、大事に育てる

二〇一九年　秋、十四個の卵を確認

二〇二〇年　飛翔会の方から「スナビキ草」の苗が、小中学校へ送られ順調に育っている

伊吹島にはアサギマダラが蜜を吸うフジバカマが次の五ケ所に植えています。
一、旧小学校の校庭
一、民俗資料館中庭
一、伊吹小中学校
一、北浦の小公園
一、金田一春彦先生の歌碑から少し上ったところ

アサギマダラの生態はまだはっきりと分かっていないことが多いので、飛行ルートを調べるためのマーキング活動として、伊吹小中学校では蝶を捕まえたら油性マジックで羽根に場所・日付・番号・名前を書いています。
「カ・イブ」 カガワ・イブキの略
「19・10・17」日付・年はなくてよい

「オオタ」捕った人の名前、名前の後に「1.」と番号を付けている。

まだ分かっていないこと
○なぜ渡りをするのか
○春にどこまで北上するのか
○秋にどこまで南下するのか
○どのくらいの距離をどんなルートで移動するのか
○夜も渡りをするのか
○渡りをするためのエネルギーはどうしているのか
○冬の寒さをどのように防いでいるのか ※1
○渡りをしない期間はどこで何をしているのか

小豆島の友人のぶ子さんが話してくれました。アサギマダラはとても綺麗で美しい蝶々だと!!　小豆島でも彼女の子どもの頃に星ヶ城の近くの山林でたくさん見られたとのことです。

夢がまたひとつ増えました。

私のふる里伊吹島と小豆島の海道はつながっています。

この春、小豆郡土庄町小部の、我が家の庭にフジバカマを植えました。日本三大不動の一つ、〝恵門の不動〟。小豆島お偏路さんの八十一番の札所です。

緑がいっぱいの山、その麓に我が家があるので、毎朝庭に出て、お不動さまに手を合わせることが先祖代々の習わしになっています。

アサギマダラさん、小豆島の我が家の庭で出会いましょう!!

用語解説

※1……二千キロの旅をするアサギマダラですが、春になると沖縄・台湾等で羽化した蝶は北上して信州・東北まで飛行します。そして卵を産んで一生を終えます。南行きは羽化した蝶がフジバカマ等の花の開花に合わせて南下します。そして卵を産んで一生を終えます。片道飛行で一生を終えます

第二部　緑濃き豊かな島

緑濃き豊かな島

私は香川県の西端、瀬戸内海のど真ん中、燧灘の孤島・伊吹島で生まれました。青い空、青い海は私の心の原点であり、源です。

潮風に吹かれるのが大好きです。

定期船の出る観音寺から見ると、まるでクジラが海で寝そべっているような存在感のある小さな台状の島です。空から見るとハートの形をしています。

観音寺沖約一〇キロメートル、周囲五・四キロメートル、面積一・〇五平方キロメートル、標高は島で一番高い滝宮にある鉄砲石のてっぺんの所で一二一・五メートルあります。

島の周辺には三つの無人島、お地蔵さまが寝ているような姿の股島と小股島、そして天然記念物の菊花石（石の中に菊の模様がある鑑賞石の最高峰）がある円《マル》上島《ガミ》です。

港は定期船の着くまぶら（真浦港）とおぶら（北浦港）の二つです。

その海岸沿いにいりこの加工場があり、漁獲から加工まで一貫して生産することが上質ないりこの決め手です。

さぬきうどんのだしにかかせません。

平成二十三年、日本一の〝伊吹いりこ〟のブランド名（地域団体商標）も登録しています。

私達伊吹っ子の元気な源は菜飯、いりこと季節の野菜の炊きこみご飯で現在はいりこ飯と呼ばれています。

活きの良い、いわしの刺身は一品です。いりこに味噌をつけて食べるのは、絶品です。一度試して下さい。弟の一番の好物でした。

伊吹島の名前の由来は神恵院《じんねいん》（観音寺）の住職だった弘法大師が、近くの海に漂っていた光を放つ不思議な木を引き揚げ、多くの仏像を刻まれたことから「異木島（いぼくじま）」と名付けられたといいます。又、一説では島のにしら（西浦）の沖合に海底から泡が吹き出している所があり、大地が泡を吹いている〝息吹〟[※2]が転化して「伊吹島」と呼ぶようになったともいわれています。子どもの頃よく聞かされたので今でも泡が吹いている所があると信じています。

伊吹島は一四〇〇万年前の海底火山が隆起してできた島で、石門の沖が噴火口でした。そこから噴き出した大きな溶岩が一番高い所に鎮座して隆起し、鉄砲石になったといわれています。

小さな小さな伊吹島ですが、歴史をたどると面白味がたくさんあり、先人達の築いてきたものに改めて感謝の念が湧いてきます。

室町時代末期、京都を制して権力を手にした三好長慶が倒れたあと、長慶の孫である義兼、義茂兄弟ら武将の子孫である三好一族が天正年間にかけ、伊吹へ渡ってきました。義兼・義茂の父親は三好義継で正室は十三代征夷大将軍足利義輝の妹です。

当時、島には先住民の合田一族が住んでいたので一合戦の後、島の北・中・南部と分かれ定まったようです。

その先人達の働きで優れた漁法を広め、伊吹島の歴史が受け継がれ、いりこの島・伊吹人の気質ができ上がったと思われます。

令和の年号になっても、合田・三好の姓は多く引き継がれています。私の父方、母方も三好です。

母の実家は島の中心にある八幡神社とおこじ（お荒神さん）の中間にあり、道路をはさんだ家の前には※3六地蔵様《ろくどさん》（衆生の苦しみを救う）が鎮座されています。

私の子どもの頃には石垣の上に家があり、家号は「上茂」。家紋は三階菱。ご先祖様のお位牌がたくさんあり、叔父二人も三好の姓の元に治義・義夫、私の母は静子です。

幼き頃庭をはさんで母屋と離れがあり、その離れに叔父夫婦が住み、その一方に私達一家が住んでいました。

祖母は長男が戦死をしていたので、そのせいか、私の兄二人を凄く愛でていたのですが、座敷にある仏壇の前の大火鉢に座して長いキセルで煙草をふかしていたその姿に、私は子どもながら何となく威厳を感じていました。

日本で唯一、平安・鎌倉時代の公家言葉とアクセントが伊吹弁として残っています。特殊な敬語が使われていて言語学上にも貴重な島であると国語学者金田一春彦先生も二度訪れ、その際に詠んだ歌が歌碑に刻まれ建立されています。

緑濃き
　豊かな島や
　　かゝる地を
故郷に持たば
　　　幸せならん

春彦

私は初めて島を出て社会人になったとき、〝おまえ〟の言葉の表現の余りにも違うことに驚き、違和感を持ったことが忘れられません!!　伊吹での〝おまえ〟は目上の人を敬い尊敬する〝御前様〟であり、社会一般で使われる〝おまえ〟とはギャップがあり過ぎました。

ととん（父）は沖でパッチ網
　かかん（母）とねえ（姉）は浜でいりこ干し
あん（兄）にゃん網を引く――、
　ソーレ、ソーレ!!　ヤッサントオレ!!
わいら（あなた達）皆元気きや

みどり伊吹の島山にうらら（私達）の声が
　ひびくじえ（響きます）
じやん（爺様）ばばん（婆様）
おまえら（御前様達）にしんじょう（差しあげます）
〝いぶきのいりこは日本一〟

いりこ漁で賑わう活気の溢れた情景は私の心の中に焼きついています。決して他では見られない独特の気質と言葉を持つ、豊かな、そして島中が親戚のような温かな環境の中で育ちました。

働き者の両親と兄二人・妹・弟・私と七人家族です。

父は赤銅色に日焼けした逞しい海の男ですが心根のとても優しい人でした。いりこの休業期には北洋のサケ・マス漁で北海道に行っていたので高校三年間のうち、私の弁当のおかずは塩シャケがドーンと一切れ!!　一番の思い出です。そのせいか今でも私の一番の好物です。

父が長い漁業の出稼ぎから家に帰ってくると、七つ年下の弟はその膝に一番に乗っかり、「ボクは大きくなったら船長さんになる」と言うのです。その姿が私には羨ましくてなりませんでした。

その言葉通り弟は外国航路の船長さんになりました。


昭和十七年、戦時中に生まれ育った私達。

終戦後、伊吹島には四千人以上もが住み、人と人がぶつかり合う程でした（令和の現在は五百人を切っています）。

伊吹島周辺では昔から鯛が数多く生息していました。緩やかな潮流が流れ込んできており産卵の域ともなり、鯛のしばり網漁が伊吹島の漁業を支え発展して、映画館・銭湯・パチンコ店、大きな芝居小屋があり、歌舞伎の公演・大相撲の巡業まであり、大層な賑わいでした。

お相撲さん達は、各網元が宿を提供してお世話をしたそうです。相撲場も八幡宮と中学校の二ケ所にあり〝伊吹山〟〝黒岩〟と二人の力士の名前が残っています。

小・中学校の学芸会もその芝居小屋で村中の人が満員の中で催されました。私も小学校低学年の折〝かぐや姫〟を踊ったのですが、その踊りを指導して下さった真鍋先生とかぐや姫の唄が心に残り、今でも唄っています。

かぐや姫

昭和二十六年　作詞　加藤省吾　作曲　海沼實

一、竹とり爺さん　竹のやぶ
　ぴっかりかがやく竹きれば
　かわいい赤ちゃん　生まれでた

ほれほれごらんよ婆さまよ
ほんに不思議なこともある　こともある

二、おやおやちいさなお姫さま
家中明るくなったよう
さあさおばばにだっこしゃ
春夏すぎれば美しく
花と育ったかぐや姫　かぐや姫

三、私は月の国のもの
かならずむかえがまいります
お別れかなしい　お婆さま
爺さま　姫があれ姫が

わしの娘じゃやるまいぞ　やるまいぞ

四、輝きわたる十五夜に
さえて妙なる笛の音よ
五色のくもにつつまれて
はるかにのぼる月の国
夢ときえゆく　かぐや姫　かぐや姫

七草の友・ヒサヨは小学二年生の時、戦争で父親を亡くした女の子を演じました。

「みかんの花咲く丘」を歌いながら花道から舞台中央へと進んで、踊りを披露したのですが、観客の人達、皆さんはもう大変、涙、涙だったそうです。

そのことで逸話が一つあります。

あの日から六十年、大阪からお墓参りに帰っていたお姉さんに伊吹丸で出会って声をかけると、「わら、みかんの花咲く丘のヒサヨきや」と言ってくれたのです。

親戚でもない人が「みかんの花さく丘」の歌によって覚えていてくれたのです。感激!!　感激!!

「みかんの花咲く丘」は川田正子さんの歌声で終戦後、敗戦に打ちひしがれていた人々の心に明るい灯火をともし、空前の大ヒットになりました。

後にゴールデンコンビといわれた作詞家、加藤省吾さんと作曲家海沼實さんの第一曲目で、昭和二十一年の作品です。お二人はたくさんの童謡を生み出しています。「かぐや姫」もその一曲です。

みかんの花咲く丘

昭和二十一年　作詞　加藤省吾　作曲　海沼實

一、みかんの花が咲いている
思い出の道　丘の道
はるかに見える青い海
お船がとおくかすんでる

二、黒い煙をはきながら
お船はどこへ行くのでしょう
波にゆられて島のかげ
汽笛がぼうと鳴りました

三、何時かきた丘　母さんと
一緒に眺めた　あの島よ

今日もひとりで見ていると
やさしい母さん思われる

従兄弟達も多く近所の仲良し七、八人と寄る（集まる）ことが多く、麦ワラをストローにしてしゃぼん玉を飛ばし、竹とんぼ、竹うま、縄とび、糸とり、パッチン、かるたとり、凧上げ、コマ回し、ハジキ、ビー玉と手作りのものも多く、かくれんぼと、私と三つ違いの兄はいつもリーダー格で、その兄にくっついて跳びはね回って育ちました。水鉄砲に紙鉄砲もあり、私は平たい石を投げて海の上をすべらせて遊ぶのが大好きでした。上手な男の子は十〜十五回もすべらせるのですが、私はいくら頑張っても五〜七回が精いっぱいでした。

ワラジョーリ（わらぞうり）からゴムゾーリ（ゴムぞうり）に変わっていた頃です。

お不動さんやお宮さん、石門と合戸の穴へと探険もしました。合戸の穴は昔海賊が住んでいたそうです。竪穴でずっと上に伸び地面に出た所が山の神さんここに御宝塔を祀ってあったそうで、御宝塔の穴が訛ってゴートの穴になったという説もあります。

八幡様の真ん前に小学校がありました。運動場も広いので子ども達の遊び場所にもなっていました。

昭和三十年三月。私達は伊吹小学校を卒業します。

伊吹小学校校歌　作詞　脇太一　作曲　山崎正七

一、明るく汽笛が　鳴る港
しお風さやかにかおる窓
誠をみがき　からだをきたえ

清く正しく　伸びていく
伊吹　伊吹　ぼくらの学校

二、
照る日に輝く　島のおか
柳の緑がゆれる庭
楽しく学び　仲よく遊び
ふたばすくすく伸びていく
伊吹　伊吹　私の学校

三、
朝夕親しみ　ひうちなだ
雲わく阿讃の青い山
心はひろく　望みは高く
夢は大きく　伸びていく

それぞれの戦争体験

伊吹　伊吹　みんなの学校

私は伊吹中学校卒業生の十一期生です。

東組（鳥取先生）西組（斎藤先生）の二クラス、男女合わせて八十六名です。

昭和十七～十八年生まれなので父親の多くが戦死しています。

私の父も二度出征したのですが、無事に帰れました。父の甥と母の弟が戦死です。

同級生それぞれの人生は本当に大変だったと思います。

七草の友・四人の父が戦死しています。

友人の一人ヒサヨ（伊吹では男女共同級生同士は名前で呼び合います。同じ姓が多いせいかも？）は、周りの大人達からしっかり者だと誉められ育ったけれど、父親とその兄が戦死し、網元だった祖父母の元へ預けられていました。同じ年の従妹ヒロコと二人、母親の再婚のためです。

なんでお母さんは私を置いていったのか――？　哀しく、淋しくて――、自分でしっかりしないといけないと、自分自身を叱咤激励しながら大きくなったのだと語ってくれました。

当時の体験集『戦争の記憶―未来への伝言―』（観音寺市戦争体験記　観音寺市戦争体験記制作実行委員会編集　香川県観音寺市発行　平成三十年三月発刊）には、伊吹の方四名の体験が記されています。ここにヒサヨは次のような文章を寄せています。

戦争と私・戦後の暮らし　松本　ヒサヨ　常盤　昭和十七年　生

　ふるさと伊吹島に思いを寄せて、終戦から新たにそれぞれの人生を歩み始めました。

　平成二十八年（二〇一六）五月二十七日、オバマ大統領の広島訪問と原爆慰霊碑への献花が行われました。戦後七一年で実現した歴史的な訪問で、オバマ大統領は被爆者と交流しました。長崎の人たちはどんな思いだったのでしょう。

　平成二十八年十月二十七日、昭和天皇に寄り添い、支え、激動の一〇〇年を生き抜いた三笠宮さまがご逝去されました。

　私の生まれた合田家は、兄三三歳、弟三一歳の二人の戦死通知が、昭和二十年（一九四五）一月十日に同時に届き、「お上《かみ》はむごい」と祖父は嘆き苦しんだと聞いております。弟は私の父、合田正勝です。網元をしていた合田家も商売をやめ、借金だけが残りました。

周りの勧めもあって、母は私が小学校一年生の時に再婚し、私は祖父のもとで暮らすことになりました。私は誰からもしっかり者だと言われましたが、しっかりした子どもでいなければいけないと自分を励ましていたのだと思います。父がいたら、母がいたらと思ったことはありません。いなくなった人を頼っても仕方がない。両親がいない分、周りに親代わりの人がいっぱいいました。洋裁のできる叔母はワンピースを、編み物自慢の叔母はセーターを編んでくれ、胸にはチューリップの毛糸の刺繍をしてくれました。母方の叔母は着物を仕立て、着飾ってくれたのに、大切な着物はどこかに消えてしまいました。

叔父は夏のイリコ漁が終わると関西の方に出稼ぎに行き、お土産に本を買ってきてくれました。『少女クラブ』に連載されていたと思いますが、マンガの「リボンの騎士」が大好きでした。いただいたお小遣いも大事に、大事に引き出しの奥に隠すようにしまっていたと記憶しています。

私たちの時代は、中学卒業と同時に社会に出て親に仕送りをしており、皆ずいぶん大人びた気持ちでいました。貧しく、豊かではありませんでしたが、何を食べても美味しく、人と人とのつながりが深く、幸せな時代だったと思います。そうした中、人それぞれに犠牲があったのだと思います。祖父母の苦しみ、母の苦しみ、私の苦しみ。それでも、残された家族は、負けたことに負けるなと、強く、強く生きたと思います。

昭和三十九年（一九六四）、二二歳の時、同級生と結婚し大阪で暮らし始めました。今までの「殻」から早く抜け出したかった。私に「力」を下さい。そうした感じで、「つれあい」ができ、家庭を持ったことがとてもうれしかったのです。料理はぜんぜん駄目で、彼が全部教えてくれました。たくさんの感動を味わい、こんなに幸せになっていいだろうかと思いました。

毎年のことですが、ことのほか暑い夏が過ぎれば、島の四季折々の風景に癒されるようになります。平成二十五年（二〇一三）夏、「第二回瀬戸内国際芸術祭（瀬戸芸）」が伊吹島で開催されると知り、五〇年ぶりに母の実家を住み家にすることにしました。島には、昭和という時代に当たり前だった節約、そして人情味があります。島ならではのゆったり感を忘れたくはありません。

平成二十八年秋には「第三回瀬戸芸」が開催され、みかんぐみと明治大学の学生さんの作品「イリコ庵」の中に、合田家屋号のガレキ化した瓦が再生され、この上ない喜びと感謝の気持ちでいっぱいになりました。この作品が末長く皆さまの憩いの場所になることを願ってやみません。戦争で二人の息子を失い苦労した祖父、祖母にこんな立派なプレゼントができたことをうれしく思います。青空のもと、群れをなして咲くコスモスは秋の香りの思い出を運んでくるのでしょう。

おじいさん
千の風になって大空を吹きわたって
　　　　　　いるのでしょうか
こんな穏やかな日々の中　世界のどこかで戦争してる
自然災害も多発しています

戦争は平穏な日々を取り上げてしまう
戦争の恐さ　きびしさ　苦しさ　つらさ
父との思い出もなく育った私
日本はどこへ向かって進むのでしょうか
命と平和の尊さを訴えたい
戦争やめてください　おねがい
どうぞ平和で幸せの風を吹かせて
喜怒哀楽　信念と執念を感じて生きたい
熱中　夢中　なるものをさがして

＊　＊　＊

伊吹への空襲　富山　ツキノ　伊吹　大正十三年　生

小学校を卒業してから青年団に入団し、そこで、竹槍とか、手旗信号とかいろんな訓練をしました。その頃は、青年団にはたくさんの人がいました。私が一八か一九歳の時に、青年団の勤労奉仕で、三か月くらい大阪府堺市の被服工場に行きました。その会社では、焼夷弾が落ちたら消す訓練とか、避難訓練とかもしましたが、勤労奉仕が終わったら、伊吹にすぐ帰ってきました。

伊吹の北浦のいりこ工場が狙い撃ちされた時、私は家にいました。そこから海が見えるのですが、その時は港に潜水艦が来ていました。空襲のサイレンが鳴って、米軍の飛行機が飛んで来て、その潜水艦目がけて「キューン」って急降下してきて、その時飛行機に乗っている人が見えました。でも潜水艦が潜ってしまったので、その飛行機は次に北浦の港へ行ったようです。空襲のため、伊吹丸が港に逃げ込んだところを狙って飛行機が襲って来ました。その時の空襲で、いりこの工場が焼けてしまったのです。それが伊吹での初めての空襲でした。伊吹丸は大丈夫でした。兄が北浦の方にいるので、母から「見に行ってこい」と言われ見に行ったのですが、兄は無事で良かったです。

空襲のサイレンが鳴ったら山に逃げたり、小さい防空壕の中に隠れたりしていました。季節はいりこ漁をしていたので、春だったと思います。ほんとうに飛行機に乗っている人が見えて、小さい船でも狙い撃ちにされていたのです。

その頃の暮らしは、主食は麦とサツマイモでした。伊吹は米ができないので、伊吹のみんなは魚を持って行って、闇で米と交換していました。配給が少ないので伊吹では、麦を粉にしておかゆに入れていました。魚は自分で取ってきて食べられるけれど、米は少しだけで、百姓をしていない家は麦やイモも無いんです。その頃は人も子どもも多いから、食べるものは少なくて貧しかったです。だから、島のみんなで分けあっていました。

戦後に水道が通るまで、伊吹では水を二缶、五銭で買っていました。私らも、子どもをおんぶして、水を買って、辛い思いをして持って帰りました。洗濯をするのも風呂を焚くのにも、みんな水を買いに行っていました。戦争中も子どもを産む時は出部屋《でべや》に行っていました。私は、戦後の二十二年（一九四七）に子どもができたのですけど、その時も行きました。

戦争中、男はみな兵隊に行って、女と年寄りと子どもだけが残るから、鯛を取る船にも女が乗って漁に出ていました。

終戦は八月十五日にラジオで知りました。電灯を黒い布で囲わなくていいようになったし、こっちに米軍の飛行機が来ることもなくなったし、本当に嬉しかったです。豊浜に暁部隊がいたのですが、その潜水艦が伊吹に来ていたので、狙われていたんでしょうね。隊員がたくさん乗ってきて泳ぎの練習をしていました。

私は、終戦後に結婚したのですが、旦那は、当時暁部隊で広島に行っていて、原爆を受けました。暁部隊の船内にいて、大将が「丘に行軍に行きなさい」と言ったのですが、「僕は機械を直すから残らせてください」と答えたら、「それならばみんなも富山を手伝って残りなさい」ということになったそうなんです。原爆ドームの前の川に船を繋いでいたらしいです。そしたら、その後に原爆が落ちました。「もし行軍のために陸に上がっていたら、まともに原爆を受けていたかな」と言っていました。船の人は幸いにも全員助かったのです。

家族が兵隊に行ったり、つらい目に会ったりしているので、戦争は嫌な思いしかありません。あの頃は、物は欲しくても決まった点数しか買えなかったし、石鹸もぬかで作っていました。もう時代が変わってしまったけど、もったいなくて今でも物が捨てられません。今はありがたい時代で、これだけ元気でいられるのもありがたいことです。今は息子と嫁と私と三人で住んでいるんですけど、幸せ者です。伊吹で一番幸せ者だと思っています。

＊＊＊

敗惨の島から飢餓の撤退ニューギニア　三好　敏一　伊吹　大正六年　生

昭和十八年（一九四三）の夏、私たちは急援部隊編成にて、海南島（中国・南シナ海北部の島）の陸戦部隊から佐世保鎮守府第五特別陸戦隊となった。ただ南方方面とだけ知らされて直ちに出動準備した。

八月上旬頃、佐世保港より駆逐艦に便乗。夜間豊後水道を通過して、東の空が茜色になり上甲板に出ると、どこから集合してきたのか、旗艦長門、扶桑を中心に巡洋艦、駆逐艦の大艦隊となり、蛇行航海にて南下した。

昭和十八年八月二十三日、トラック島（現・ミクロネシア連邦・グアム島の南東方向の島）に寄港し、二、三日上陸する。艦隊はトラック島に残り、我等が便乗した駆逐艦は出港する。久しぶりにスコールにて身体を洗い、さっぱりした気持ちで赤道を通過する。ラバウルに入港し、一〇日くらいのちに、ニューギニア島ラエ守備隊佐世保鎮守府第五特別陸戦隊の急援部隊としてラエに向かう。

しかし、この時期の制空権制海権は米豪連合軍にあり、戦況は緊迫していた。輸送船での軍需物資の補給は出来なくなり、潜水艦の横腹に、糧食（ゴム袋入）ドラム缶などをだいて運んでいた。その狭い潜水艦に便乗し、すし詰めでむし暑いこと言語に絶したが、必勝を祈念し三日がかりでようやくラエ沖合に到着した。日没を待ち、上陸用の大発船に、暗に乗じて素早く乗り換え物資も積換え上陸する。待っていたかのように沖合より艦砲射撃を受け、地形もわからないまま防空壕や空襲後の深だまりに飛び込む者もいて、右往左往しながら一夜が明けた。付近を見ると本当の激戦地であった。

この頃、米軍は二〇キロ東方に上陸し、海岸線の要所は占領されていた。昼間は毎日のように、海岸線は魚雷艇に、空からは双胴のロッキード機により機銃掃射にて攻撃され、ジャングルに入りただ死守するだけであった。

戦局はますます悪化していき、皆覚悟はしていたが、一〇日くらいして撤退命令が下った。そして、ラエ北方の峻険四二〇〇メートルのサラワケット山を超えて、キアリに向かって転進脱出する作戦が始まった（このときのサラワケット越えでは、飢餓とマラリアと高山の寒さのため、二〇〇〇人余が山中に倒れたともいわれている）。

少々の食糧と銃剣、弾薬、雨衣に飯盒、水筒ぐらいの軽装であった。人の入ったことのないジャングルを進むのだから、ぬかるみに足をとられたり、道に迷ったりする部隊も多くて、なかなか山の麓まで行きつかない。

歩き始めて一〇日くらいすると落伍者が出る。マラリア、デング熱にて熱が出て震える体を頑張って必死で部隊を追う者。ゴロゴロ倒れ、銃や帯剣を投げ捨てへたり込んでいる者。あっちこっちの藪や谷から、ポンポンいう音が聞こえてくる。この音は手りゅう弾で自決する音であった。

転進開始二〇日過ぎに、山の中腹の灌木地帯に達した時、海兵団新兵当時の合田次郎教班長と出会った。卒業後、五年ぶりの出会いである。新兵当時は大変お世話になり、いつか教班長に恩返しの一つでもと思っていたが、この場合は各人が生き残る保証もない転進作戦中であった。こんな時でも教班長は「おい三好、この山を越えれば救援隊に出会うから頑張れ」と励ましてくれた。

二日後、一〇〇メートル以上ある断崖が立ちはだかっていた。ところどころに縄ばしごがかかっており、登っている兵もいたが、一〇〇人以上の兵士がうつろな目で崖を見上げすわり込んでいた。身を軽くするために、思いきって捨てる物はみんな捨て、銃を背負い体力をふり絞って縄ばしごに挑んだ。崖を三分の一ほど登ったとき、ひょっと下を見ると何十人もの兵隊が上を見上げていた。二度と下を見る気はしない。

一時間半ぐらいかかって崖をよじ登ると安心したためか、意識を失う者も多くいた。赤道間近にありながらも、標高四〇〇〇メートル余りの山頂は、目が眩みそうな寒さだった。付近では陸軍の携帯用の天幕が岩かげに張られていたが、このまま寝込んでは凍死してしまう。燃える物をさがしたが何もないので立木を切った。立木にはコケも生えていたが、帯剣で割ってたき木の用意をし、小銃弾の薬莢より火薬を取り出し雨衣（ゴム製）をたきつけにして燃すと火に力がつき燃えた。寒さを凌ぐ隊員たちが励まし合いながら体を寄せ一夜を過ごした。

翌日からも、西へ西へと撤退を続ける。雨期で増水した川が次々と現れ、行く手をはばんだ。その度に工兵隊が浅瀬を選んで太い針金を一本対岸まで引いていく。それを伝って急流を渡ったかと思うとまた川が現れ、増水した濁流なので渡ることは出来ず、水が減るのを祈りながら一夜を明かす。翌朝になると水は引き、太い材木が浅瀬に乗り上げていたので橋の代わりにした。これこそ神仏のめぐみと皆喜んで渡る。生命びろいした。

その付近では将校と一兵卒との間に芋一個の取り合いが起こった。人は生きんがためのみにくい様をさらけ出した。もう食糧はほとんどなく、我等も飯一杯喰って死にたいと言いながら、ニューギニア新菊を取り、飯盒《はんごう》で煮て食べると消化出来ずそのまま排出していた。全員、栄養失調とマラリア、デング熱等に冒されて落伍者が続出していた。

進まぬ足どりをふりきり頑張ってなんとかキアリに辿り着いた。そこで同年兵が、合田教班長はサラワケット山中で力がつき座り込んで動かなくなっていたと言っていた。その後は班長の姿は見当たらなかったと言う。多くの戦友たちがサワラケット山中に散っていったのであり、ただただ冥福を祈るだけである。

ようやくキアリに到着したが、さらにマダンに転進することになる。そこで少々の米と塩の配給を受け少し元気を取り戻すが、さらに転進が続く。左前方に「ハンサ富士山」を眺めながら、目的地のウエワク基地に九死に一生をえて辿り着く。

後日ウエワクより輸送船にて内地送還と知らされるが、前日出港した御用船も米潜水艦の攻撃を受け沈没したとの情報もあり、無事に帰国できる保障は何一つなかった。

昭和十八年十一月二十日、いよいよ我等輸送船福海丸にてウエワクを出港して内地に向かう。十二月四日パラオ入港、十二月十九日パラオ出港。昭和十九年

（一九四四）一月元旦、呉に無事入港する。
戦後四十有余年、ニューギニア戦線のことは忘れようと努めてきたが、これではいけないと思い立ち、撤退飢餓の悲惨を語り伝えるべく私が体験した戦争を書いた。その悲惨さ惨さを一人でも多くの方々に知ってもらい、戦争はいやなものであり、二度と繰り返さない日本の国を築き上げていきたい。

（『私の回顧録』昭和六十二年二月一日刊より抜粋）

＊＊＊

私は特攻隊員の生まれかわり　小野　衛　伊吹　昭和二十二年　生

昭和十九年（一九四四）十一月二十七日、神風特攻隊第一御盾特別攻撃隊、出撃の日だった。大村隊長率いる一二名。叔父の小野康徳は当時二四歳で、隊の中では一番年上だった。二〇歳未満の若者たちを引き連れて、飛曹長として出撃し、大成果をあげ散華したのだ。

出撃の数日前からB29によるサイパン基地からの日本本土への空襲が始まっており、それを阻止するため第一御盾隊一二名は突撃した。本来の予定では硫黄島から出発し、サイパン島のアスリート飛行場を銃撃したあと、マリアナ北部のパガン島へ着陸することになっていた。そのため、当初の隊名は「サイパン特別銃撃隊」だった。しかし、前日の作戦会議で「パガン島への着陸を考えると、攻撃時間が短くなる。サイパン上空で反復攻撃した後、最後はそのまま地上に突っ込もう」という意見が隊員から出たらしい。アメリカのレーダー技術は発達しており、レーダーに捕捉されないようにするためには海面すれすれの低空飛行をしなければいけない。

海面を叩いてしまってプロペラが割れ、無人島へ不時着した人が一名おり、その方とは御盾会の遺族会の会合でお会いしたことがある。父の代わりに出席していた私を見るなり、「小野中尉」と抱き着いてきて離れないのだ。叔父とは似ても似つかぬ顔とは思うが、懐かしさと、自分だけが生き残ってしまったという負い目も入り交り、何ともいえぬ気持ちだったたであろう。大村隊長は、上空で全ての弾丸を撃ち尽くした後、米軍の飛行場に着陸し、片手に拳銃、片手に短刀を持ち、敵陣で大いに暴れたとのことだ。その死に際が見事だったということで、米軍から遺体を手厚く葬られたという話である。

そんな御盾隊員の叔父をもった私は、生まれた時から叔父の生まれ変わりだと言われて育った。特攻隊で二四歳の息子を亡くし、私の祖母の悲しみは深かった。私が物心ついた頃には「お前はヤス（叔父）の生まれ代わりじゃ」と、何をするにも「ヤスならこうする、ヤスならこうする」と比べられ、少ししんどい人生を過ごした。戦時中に叔父からの手紙が何通もきていた。小学生の私が座った高さより高く積みあげられているその手紙を、視力を失ってしまった祖母が「手紙を読んでくれ」と、私に読ませる。読んでいるうちに一〇歳そこらの私でさえ言葉が詰まって泣くのだ。それのことはもう日課となっていたほどだ。いまだに「ヤス」という名前はもう一人の自分という感覚がある。それをしんどいことだとの思いもあるが、戦後七〇年を過ぎた今、こうやって叔父一人の生きざまを通して戦争を語り継ぐということは、私の大切な役割とも思えるようになった。

叔父は生まれ故郷の伊吹の上空に飛行機で現れ、空中回転などの技術を披露し、陸にいた人たちから「ヤスや、ヤスや、ヤスが飛んできたぞ、ヤスが曲芸しよるぞ」と叫ばれたことがあったという。そんな時代を特攻隊員として生きた叔父、生き残って帰って来た者、最後まで敵陣に着陸して暴れた隊長など、それぞれの戦争があった。

しかしいかなる場合においても、正義の戦争とは存在しないものである。二百三十数万人の戦死者のほとんどは、一八歳から三三歳の大正生まれだった。私たち戦後生まれの世論と、平成生まれの世論とで戦いのない平和な日本を目指していきたいものである。

（文中のヤスさんは小野康徳氏）

＊＊＊

想像を絶する戦争体験記です。涙なくして読めません。戦争の悲惨さ・恐さは何物でも決して表現できるものではありません。人間一人、一人が責任を持つことです。戦争のない平和な世の中を願って!!　私の感想文です。

七草の友との出会い

昭和三十年四月、私は伊吹中学校へ入学しました。中学校は島の東の丘の上にあります（現在は小学校も統合）。島外から来られた先生方は、単身赴任で宿舎に住まわれていました。

毎朝、音楽の三木虎吉先生の弾くピアノの音が、青空いっぱいに流れる中で校門をくぐった三年間～、それが一日の始まりでした。私の心の財産です。初老の素適な紳士だった先生はメガネをかけていました。男子は「ピカピカヒカルミキの頭!!」などと、よく替え歌で唄っていたのも懐かしい思い出です中学時代、特に仲良くいつも一緒だった私達七人。伊吹の若い衆の〝連〟を真似たのでしょうか、伊吹の浜田先生が〝七草〟とグループ名を付け、バッチまで作って下さったのです。嬉しくて七草のバッチをなで回し、私達はセーラー服の襟に飾ったのです。

私達伊吹中学の十一期生は男女共に仲良く元気で、家の都合で弟妹を連れて登校してきても皆で面倒を見るなど、助け合いの精神は昭和の時代、この伊吹島で培われました。私達伊吹っ子の大きな大きな財産です。

私の父は次男坊だったので住居がなくて、母の実家や父の本家の家に移り住み、

七草の写真。中学校の池の前。今はありません（埋め立て）

七草の写真。セーラー服

何度も引っ越しをしました。中学生の時は※4おぶらの浜に近い借家で。その頃は夜十一時になると電気が消えます。読書の好きだった次兄の本を私もローソクの火を灯して読みあさりました。その後、父名義の住居が出来て、やっと落ち着いたのです。

　七草のうち六人は島の中心に住居があり、「オーイ」と呼べば聞こえる程の近距離です。

　文子の家は三方がお墓に囲まれていますが、一面は北浦港を見下ろせる高台にあるので素敵な景観に恵まれた場所です。現在は神戸に住まいする彼女ですが、年に数回帰り、実家を大切に守っています。現在も七草の集う場所です。中学時代の彼女はかけっこが一番速くそれも飛び抜けていたので、その足の速さに私達は憧れました。

　東組担任の鳥取先生、西組担任の斎藤先生、英語の細川先生、国語の高橋先生、三野校長先生……本当に素敵な先生方との思い出がたくさんです。

あっ、そうだ。数学の先生も確か、もう一人の高橋先生……同じ姓だったと思います。音楽の三木先生のピアノの伴奏で歌ったあの日……と。修学旅行は二泊三日の九州旅行で熊本・阿蘇山へも行きました。良き思い出ばかりです。

昭和三十三年春、伊吹中学校を卒業しました。

伊吹中学校校歌　作詞　谷口武　作曲　三木虎吉

一、みどり伊吹の　島山の
空につづきて　新しく
文化の色に　そびえ立つ
学びの窓の　光こそ
われらの道を　照らすなり

輝けこの丘　栄えよこの庭

二、磯の香高き　松風に
古き世の雲　はらわせて
科学の力と　美と愛の
命にかけし　町づくり
これぞわれらの　使命なり
いざたてもろびと　たたえよこの島

三、大海原の　はるけくも
若き望みの　眉あげて
万里の波の　かなたこそ
富とほまれの　限りなき

われらの生くる　世界なり
行け行けこぞりて　示せよこの意気

伊吹中学校生徒歌　作詞　山下藩臣

一、燧の灘の孤島にも
文化の波は高々と
寄せ来る丘にそそり立つ
新生伊吹の学舎《まなびや》に
今我れあるを人知るや

二、因龍深き島影に
厳に叫ぶ封建の

思想を砕くなみの音
ひねもす我にささやくは
世紀の明日を築けとぞ

三、海を命を健児等に
次代をになう使命あり
勤労之を旨とする
葉かげにかおる撫子の
乙女も今ぞ目ざむべき

四、嗚呼見よ伊吹の朝ぼらけ
磯の香高き船上に
学びの力身につけし

第11期生　昭和33年卒業　東組　鳥取先生

西組　斎藤先生

多感多情の若人が
真理の海に舵をとる

中学卒業後、伊吹島から、それぞれが巣立ち旅立ちました。大阪が近いので関西方面に就職して行く人が大半の時代でした。

伊吹丸での出で立ち別れ、その日は大変です。

友人・知人が大勢集まり七色のテープを切り祝って別れを惜しむのです。大層華やかな儀式になっていました。学校を転任される先生方との別れも同じくです。

終戦後だったので、上級学校への進学者も僅かな一握りでしたが、私達十一期生の中から女医Iさんが誕生しています。彼女のお父さんは役場の助役さんでした。

私達同級生の誇りです。男子ではTさんが事業で成功を収めています。子どもの頃、彼の家はアイスキャンディ屋さんでした。

私は三つ違いの兄が、これからの女子は勉強をしなくてはいけないと勧められただけで何の目的一つも持たなく、観音寺商業高等学校家庭科へ進学しました。同級生は伊吹電気の所長さんの娘、恵美子と二人でした。

高校三年間は自宅から港までの坂道を駆け下りて伊吹丸での通学は、その当時は片道四十五分の航路で毎日潮風に吹かれながら通い、港からは自転車でした。テニス部の部長だった兄からテニスを勧められたのですがソフト部に入り、三年間目いっぱい楽しみました。

兄の意見を聞かなかったのはそれが初めてです。

数年が過ぎ、伊吹っ子・七草も大人になりました。

七草一番の花嫁さんは文子です。伊吹島の政郎兄さんとの結婚でした。続いて、美恵子、美保子、洋子と久代は島の人と、京子は熱海の人、私が一番最後で小豆島へとそれぞれご縁がありました。

伊吹島の婚姻は独自の文化があります。

仲人はありません。同年齢の若い衆六人～七人が自分達グループの名前～連と書いた提灯をさげて、貰い受けに行ったのです。

文金高島田の花嫁さんをエスコートしながら、紋付き袴姿の若い衆が提灯行列で夜道を歩いて、花婿さんの家の前まで歩きながら唄う伊勢音頭・千寿万世楽、とても、とても素適でした。

私も伊勢音頭は唄えます。身に沁みついています。

伊勢音頭

ハーヨーオイサー　嬉しめでたの（ヨイヨイ）
若松ョーさまは（アラヨーイトセートコセー）
ヤレ枝もナー栄えてヨーソーレサ葉も茂る

（ソラソラ　ヤーットコセーエー　ヨーイヤナ
アラコレワィナー　ソレワイナー　ソリャヨーイトセ）
かっこ内は囃子詞

千寿万世楽

早くあの家のふたおや様に
これが嫁じゃと言わせたい
かいない娘を嫁にするからに
たのみまするよふたおやに
嫁はこんぎり皆様ごくろう
ながらくお世話になりました。
せんじゅばんらく

昭和38年1月1日　7草第1号　文子さん　花嫁姿

思うことが叶《かの》うた
末はつるかめ　五葉の松
(伊勢音頭の節で唄う)

平成六年、泉大津のリーガホテルに集った時、参加者三十九名で書いた寄せ書きがあります。

「女好き」と書いた、カッコ良かった博も今は亡き人です。俊輔も四十五歳の若さで亡くなりました。

ヒサヨは同級生の俊輔と大阪で結婚をしたのですが、結婚式には新郎側に良一と正典、新婦側には七草を代表して私が出席しました。

結婚式の後、二人の新居に五人で集まりお祝いをして遅くまで語り、なんと私はその夜新婚さんの部屋に泊まったそうです!!　お笑いですね――。

ヒサヨがいつも言ってくれるのです。「生前、俊輔は『七草の中でウラは万喜が一番好きや。わいら、万喜を見習え』と言っていた」と――。

私の人生の失敗の一ページを生きていたら何と言ってくれたでしょうね。

「アホやな、万喜……!!」と言ったかもです。

私は善通寺の護国神社での挙式だったので、多度津在住だった美恵子が七草で出席してくれました。

文子の旦那様である政郎兄さんも亡くなり、七草の青春時代も思い出の彼方に過ぎ去っていきました。

それでもなお伊吹中学校十一期の同窓会は今もって続いているのです。

伊吹中学校第十一期生の同窓会は次のような歴史があります。

参加者			
昭和五十八年	正月	四十二歳厄払い	四十六名
	十月一日	ふる里秋祭り	十五名
平成六年	十一月十九日	泉大津リーガホテル同窓会	三十九名
平成八年	十一月二日	京都宇治亀石楼	二十六名
平成十年	十月三十一日	下津井国民年金保養センター	四十二名
平成十二年	三月十一日	小豆島オリビアンリゾートホテル	三十一名
平成十四年	一月二日	六十一歳還暦　琴参閣	三十七名
	十月一日	ふる里秋祭り　琴弾荘	三十名
平成十五年	十一月十九日	紅葉の京都嵐山同窓会	二十五名
平成十七年	四月三日	九州・長崎・熊本の旅	二十名

平成十八年　四月八日　岸和田いよさかの郷　三十五名
平成十九年　四月十四日　尾道千光寺の旅　二十八名
平成二十年　十月五日　ふるさと秋祭り　かんぽの宿　三十名
平成二十一年　十一月二十一日　紅葉の箕面観光ホテル　二十七名
平成二十二年　十月三日　ふるさと秋祭り　琴弾荘　二十二名
平成二十四年　四月八日　坂出かんぽの宿　二十二名
平成二十五年　十一月二十七日　サンメンバーズ嵯峨　十四名
平成二十八年　四月二日　十一期生親睦会　かんぽの宿　二十二名
平成二十九年　三月二十五日　小豆島へ
七草の皆が私に会いに来てくれました。十年振りに七草全員が揃いました。
平成三十年　三月二十五日　十一期生親睦会　かんぽの宿、合田先生と

同窓会のまとめ役は、いつもヒサヨと平《タイラ》です。大いに楽しませてくれます。

特に、平成三十年の同窓会は、いつもと違った楽しみがありました。

忠俊君からの手紙

二〇一八年平成三〇年三月二十五日
市民ミュージカル讃岐の音楽劇
ウラが住んどる不思議な島
脚本・演出　浜畑賢吉
ハイスタッフホール（観音寺市民会館）
大ホール　午後二時開演

伊吹小中学校の元教諭合田芳弘さんが執筆のファンタジー小説『イブキの島』が原作のミュージカルです。

出演者はオーディションで選ばれた地元の皆さんで、我らが七草の一人、ヒサヨもオーディションに応募。主人公のお婆ちゃん役で出演しました。

演劇を楽しんだ後、ヒサヨが招待した小学六年生の時の恩師合田先生を囲んで、伊吹っ子十一期生が集まり楽しい一時を過しました。小学校一年から中学校卒業までの九年間共に歩んだので、同級生は皆きょうだいのようなものです。私はその日出席できなかったのですが、忠俊君から手紙を頂きました。

忠俊君から

私は大変懐かしくありし日の思い出を巡らすやら大いに興奮しながら瞬時にあの日から生涯人生の教訓にしていることを話そうと決行しました。

六年生のある日、六時間の授業が終了、そして皆で掃除を済ましてホームルームの時間（合田先生が来る）迄博・春郎・と忠俊を含め五人ぐらいでワイワイガヤガヤ暴れていた最中に合田先生が入室、教壇に立って皆を見回して、不満そうな顔で少し何か注意話をされ、次にとなりの俊輔を見なさい。彼は小さなことにこだわらず、常にどっしりとした冷静な態度の男――!! と男らしい行動を誉め讃えました。僕等に見習いなさいとばかりに、叱るような説教をされました。

僕はその日から俊輔という名前を焼きつけて年月を重ね中学三年生五月頃の休みのある日、突然我家に俊輔と体格の少し小さい人と二人が来て「タートよ話がある」と訪ねて来ました。合田先生から聞かされたあの俊輔が僕に会いに来た!と思いわくわくしながらの対面です。

俊輔はにっこりと笑顔で「タートよ。相撲部をつくってタートが主将をしてくれ」と言うのです(相撲を取ると俊輔が勝つのに)。私も笑顔で一緒にやろう、わかったと答えました。

僕は合田先生が六年生のあの時僕等に説教して下さったことを社会に出て、会議の場・仕事場において合田先生と俊輔のことを人生の教訓として一生忘れず活かし続けています。先生ありがとうございました。

前列、中央が俊輔（相撲場もありません。校舎になっています）

後ろの中央が俊輔　45歳没

忠俊へ、貴方の手紙を読んで私も中学時代に帰りました。東組の忠俊（愛称タートです）と西組の俊輔と二人共、体格が良く、凛々しく格好良かったです。貴方達の活躍で伊吹中学校は香川県の相撲大会で二年連続の優勝、とても華々しかったですね!!

そして今年の春三月末、もう一度会いたいとの皆の声に応えて観音寺かんぽの宿での伊中十一期生・同窓会の案内状が届きました。とても楽しみです。七草の友三人は観音寺に在住。そのほかでは丸亀・小豆島・熱海に住み、何とか元気です。

今回私のふるさとを書き残そうと思いたったのは良いのですが、改めて自分の記憶の少なさに驚きました。伊吹の資料館へも行ったのですが……?

私の記憶の飛んでいることを知っている七草の友、ヒサヨがダンボール一箱、彼女の人生の資料の綴り（几帳面に整理しています）を送ってくれました。

私達十一期生、満八十歳の同窓会。今回は、何人集まれるでしょうか？　私は皆との集いは本当に久し振りです、ハテサテ!!　皆の名前と顔、分かるかなあー。大丈夫かなー？

同窓会や出会った人、そして私の想い

三月二十六日（日）。

カレンダーに赤印をしていた二日後の同窓会出席のため、主人の食事の準備の買物をすませ、二時過ぎ自宅に帰りました。

私たち伊吹中学校十一期生は、きょうだいのような仲間です。

今までも二十数回の集まりをしていますが、私は二十年近く不参加だったので

久し振りの対面です。美容院に行って目一杯のおしゃれをして……などなど考えワクワク楽しんでいました。

そんな時です、文子から携帯へメールが入りました。「何時の船に乗るの?」と。「七時半のフェリーで」と返信すると彼女からの電話です。「どこに居るの?」「家よ」「どこの?」「小豆島」「ええっ!! 何言っているの、皆集まっているよ!!」

あろうことか私は日程を間違えていたのです。もう大変です!! 取る物も取り敢えず、土庄港まで主人の車で送ってもらい、高速艇で高松へ特急あしずりに乗車、多度津で乗り換えて観音寺へ、携帯から文子の指示通りです。駅からタクシーで亀の井ホテルへ到着。自宅を三時に出発してから三時間でした。

ホテルの玄関に入ると皆の出迎えです。みつ子が一番に寄って来てくれ、会いたかった!! 中学校を卒業して以来、私に会うのが初めてよ、ですってー、嬉しい、嬉しい、懐かしい顔々です。

休む間もなく会席場へ……何とか間に合いました。

この度の集まりも七草ヒサヨのお世話です（出席者十七名の参加）。「万喜、遅れた罰に皆に謝り、乾杯の音頭をとりなさい」と嬉しいヒサヨからの命令です。そして一言、「電車の中でお化粧くらいなおして来なさいよ」ですってー、彼女はこの日のために素敵に決めて来ているのです。

〝十一期生久し振りの集まりと、九十歳を目指して元気で乾杯〟

楽しい、楽しい一夜でした。

翌朝は次の再会を約束して別れ、その後、七草の友（今回は五名の参加）は昼食を一緒にしておしゃべりを楽しみました。

本書『いりこの島　伊吹っ子に生まれて』を出版するにあたり、ヒサヨからの薦めもあり、伊吹島の歴史民俗に詳しい、三好兼光さんに会うことができました。

80歳、同窓会

伊吹島そのものの気質をたくさん持っているふる里自慢の誇れる人物でした。

主人と二人、彼の軽自動車で島中を案内して頂き、西の堂に飾られているご詠歌姿の私の母の写真まで見せて下さったのには感動しました。

八十年生きてきて、伊吹の急坂道を車で走るなんて初めてです。想像もつかないことでした。

島の頂にある鉄砲石までの草木に覆われた山道を元の状態に戻したり、凄いバイタリティ溢れる力を持っていらっしゃいます。私達ももう少し若ければ何かお手伝いできたかもと（笑）

主人は三菱自動車五十八年型のハコバンに乗っています。冷暖房もないオンボロ車です。

クラッチの調子が悪くなり、M自動車のMさんに頼みました。ドアのつまみが壊れて、部品を取り寄せてもらったばかりでしたが、車が古くてもう部品がないと……そんな中でMさんはクラッチの部品を見つけてくれたのです。そして次はもうないですよ、と。

今年の八月が車検です。私がもうダメだと言って下さいと頼みました。すると彼は、ここまで付き合ってきたので最後まで付き合います、と。

木船の釣り船も三十年乗り、昨年やっと廃船にしたところです。私は常々主人のような性格を持った人は今時貴重品だと思っているのですが、そのような主人に付き合って下さる人が居ることに、驚き頭の下がる思いがしました。

伊吹島の同級生ののぶ子から、五月十日、伊吹島の八十八ケ所のお遍路参りがあり、そのお地蔵様の赤いよだれかけを千枚縫って新しく掛け替えたのよ、と聞き、亡母のご詠歌姿を想い出してお参りをしたくなり、再度主人と出かけてきました。今回も春日旅館で一泊です。旅館の四代目主ご夫婦はとても気さくな方達で、料理も含め私達夫婦は伊吹へ行く楽しみがまた一つ増えました。伊吹独自のお接待もあり、島巡りの八十八ケ所、青い空、青い海と潮風に吹かれながらのお参り、伊吹っ子万喜はふる里を満喫しました。

三好兼光さんからシンポジウムのチラシを頂きました。

五月十九日（金）
さあ島へ出かけよう!!
島へ行こうキャンペーンキックオフイベント
テーマ、世界に誇る瀬戸内から

会場は高松築港駅のすぐ側にある、かがわ国際会議場。高松シンボルタワー6階であり、建築家安藤忠雄氏の基調講演会に参加しました。

昭和十六年生まれ、八十二歳と自己紹介。二度のがんで五つの臓器を摘出されたと。けれども自身の明るさが元気を取り戻すとも話され、建築家としてこれまで世界にたくさんの作品を残されているにもかかわらず、まだまだ自分の夢を持ち、実現可能に向かって九十五歳まで頑張ります――と、自由な心と好奇心・勇気を持ち続けること、学歴ではなく実力さえあれば一心不乱に工夫・辛抱してあきらめないこと、二〇二五年の瀬戸内海芸術祭にまず参加してみることとです。

世界は一つ、香川県の二十四島のこの瀬戸内海をヨットハーバーにすると考えれば――面白いです。

人の真似をするのではなくここにしかない町づくりを――、心の中に可能性を持ち続けること――、お金を稼ぐ事は面白く楽しいですよ（笑）――とも。

とても有意義な一時間でした。一度でファンになりました。

隣席の婦人の方は二度目だと……、私は隣の席に主人に座って居て欲しかったと（三百席の応募から外れたのです）、すごく残念に思えました。

二部は香川県池田知事と島に関わる県民によるパネルディスカッションで、三好兼光さんもふる里伊吹島の紹介で登場し、彼は理路整然とした素敵な説明でとても感動しました。

今日の講演会安藤忠雄氏の言葉

〝目標がある限り青春だ〟と心が開かれた思いがしました。

私には新しい友達が二人います。

小学一年生の時に出会った女の子。それから三年。二人は私の身長をもう超えそうです。

八十歳になった私ですが「マキちゃん」と呼んでくれる彼女達からいつも元気をもらっています。

この春、こぼれ美島の砂浜で人の持つ色の鑑定ができる不思議なパワーを持っている、私の友人である、一人の少女と改めて対面しました。

〝マキちゃんのオーラはエメラルドグリーン
最終の色はホワイトシルバーです。

もっと前に進んでみましょう。

何か新しいことがおきるかも〟

この日は小部の浜のキャンプ場で〝シマアソビ〟のサンデーマーケット（第三日曜日）の日でした。

数年人影も少なくて寂しかった小部の浜も二人の若者が〝シマアソビ〟を稼動させてくれました。

緑の山を背景に塩浜から東川《あずまがわ》の吊り橋に松林、アウトドア・キャンプを楽しむなら「シマアソビ」へＳＵＰやキャンプ。安全で安心、沈む夕陽に夜は満天の星の輝き、夏にはハマボウの花が咲き乱れます。

私も目標を一つ掲げました。

五十数年我が家の庭で育てゝきたセッコクの花が、五月一杯咲き乱れて香りを放つのですが、十種類程あるこの山野草をもっと増やしてセッコク園、小さくても私の公園を作ります。

私のふる里、伊吹島と主人の生まれ育った小部の地に想いを寄せて――!!

最後にひとつ。

小豆島の親友を二人、伊吹島の四月、桜まつりの翌日に日帰りで島を案内したのですが、食堂がなくて……一軒あるお店でカップ麺を買ってお湯を注いでもらい、主人と四人で八幡様の石段に腰をかけて食べたのです。

港の近くにお店があれば……!!

食事をする所に人は集まります。

私の住まいする小部にもありません。小さくても良いのです。必要不可欠です。

考えましょう!!

親様から頂いた私の名前は萬喜恵です。
人生八十年感謝致します。
人との出会いから夢は広がります。
まだまだ人生楽しめそうです!!

九千転び萬起き

用語解説

※2……気を吹く島　気噴島――息を吹く島――伊吹島になったといわれています

※3……伊吹でろくどさんと言うと、泉蔵院下の埋め墓の入口にある六地蔵ですが、もう一ケ所、まつばの墓の入口にあるのが母の実家の前にある六地蔵です

※4……北浦は大浦と呼ばれていて、おおうら↓おぶら　と島の人は言っています

第三部　伊吹島　覚書

伊吹島では江戸時代から続く行事があります。

二月　百手祭り　八幡神社
　厄年の人が中心になって弓矢を用いた神事を行う

四月　島四国めぐり
　旧暦三月二十一日（弘法大師命日）
　八十八体の石仏を巡礼（海岸通りにある）
　順路　泉蔵院～太師堂～おこじ西の堂（弘法大師をお祀りしてある）
　　歩いて二時間程
　　札所でお接待

　桜まつり　波切不動尊滝宮神社

六月　でこまわし

いりこ漁が始まる前に大漁を願って、伊吹島の加工場各所で[※5]でこまわしの門《カド》付けが行われる。

七月　港まつり　島周辺海上

よべっさん（木造の恵比寿天）を乗せた御座船が伊吹島から股島、円上島をめぐりお参りをする。[※6]

十月　伊吹八幡神社

秋季大祭

神輿を御座船に乗せて島をめぐったり三台のちょうさ（太鼓台）が島を練り歩く伊吹ならではの祭り

また、数多くの歌も歌い継がれています。ここに覚えているものを記します。

盆踊り歌

八月　おこじ（西の堂）で

さて皆様　ご苦労さん　しばらくじゃ
よーいやせーのコラ　かけ声に
ソリャヨイトヨイヤマカ　ドッコイサノセー
アー盆の十四日の踊りの晩に
ア、ヤレキタ　ドッコイドッコイ
扇子投げたか　届いたか　届きました　受取りました

黒塗り扇子折り目　折り目にゃ　文をかく
　ソリャヨイト　ヨヤマカ　ドッコイサノセー
アー今の歌ったは　どなたか誰か
　ア、ヨイショ　ドッコイドッコイ
千両すること　万両する
　ソリャヨイトヨヤマカ　ドッコイサノセー
アー一筆しめし　参らせ候
　ハ、ヨイサドッコイドッコイ
似合わぬわたしに候えど　さんざんあなたに恋い候らえ
　死のうとまでも思えども　こりんに至らぬ綿帽子が
ろくでもないぞと思い出し七生おまえの勘当うけ
　八方地獄に落ちるとも　首に袋かけるとも
そうろと　おまえさんに恋こがれ

ソリャヨイト　ヨヤマカ　ドッコイサノセー
ア、昔千年屋島の戦　今にござんす絵にかいて
　ソリャヨイト　ヨヤマカ　ドッコイサノセー

次の歌はヒサヨの母が唄っていました。

私の生まれは　伊吹の島よ
お産デビヤで　不動の峰
ア・コリャ〜　〽

それでも歌かよ
泣くよりましだよ　キタコラサノサ

紅がついてます　あなたの口に
いんでさとられなさらぬように
ふいてあげます
ハンカチとりだし　私のツバで
ア・コリャ～〽

それでも歌かよ
泣くよりましだよ　キタコラサノサ
それ　のれのれいうて
ヤレのればもちあげゆすりだす

トコネエサン

色ではないぞん
人力車のことかいな

ア・コリャ〜　〽

それでも唄かよ
泣くよりましだよ　キタコラサノサ〜

奥山で一人米つくあの水車
だれをまつのか　くるくると

ア・コリャ〜　〽
それでも歌かよ
泣くよりましだよ　キタコラサノサ
出そうで出んのが

吉原竹の子

すっぽん　すっぽん

おまえ百まで
わしゃ九九まで

ともに
白髪のはえるまで

伊吹音頭
作詞作曲　渡辺茂校長
（昭和十七年三月～昭和二十年三月）

「デカンショ節」の節回しで歌います。

一、伊吹よいとこ　一度はおいで　タン　タン　タン　タン
　石の洞門　さがり松　ヨイ　ヨイ　タン　タン　タン

二、ここは伊吹島　向かいは観音寺　タン　タン　タン　タン

なかをとりもつ　伊吹丸　ヨイ　ヨイ　タン　タン　タン

三、春の魚島　来て見やさんせ　タン　タン　タン　タン
やきだま船が　島を巻く　ヨイ　ヨイ　タン　タン　タン

四、港漕ぎ行で　股島指《めざ》して　タン　タン　タン　タン
わしが主さん　魚《うお》とりに　ヨイ　ヨイ　タン　タン　タン

五、沖に大漁の　旗立てば　タン　タン　タン　タン
浜にや支度の　煙立つ　ヨイ　ヨイ　タン　タン　タン

六、面舵《おもかじ》よいとこ　や取舵　タン　タン　タン　タン
漕《こ》げば櫓《ろ》がいに　花が散る　ヨイ　ヨイ　タン　タン　タン

七、春の魚島　来てみやさんせ　タン　タン　タン　タン
　　鯛や鰆の　宝船　ヨイ　ヨイ　タン　タン　タン

八、浜にゃ大漁の　煙が立てば　タン　タン　タン　タン
　　いわし集めの　籠さげて　ヨイ　ヨイ　タン　タン　タン

九、船は新造で　船頭衆《せんどうしゅう》が若い　タン　タン　タン　タン
　　漕《こ》げば櫓《ろ》がいに　花が咲く　ヨイ　ヨイ　タン　タン　タン

十、伊吹よいとこ　一度はおいで　タン　タン　タン　タン
　　お産出部屋に　不動の峰　ヨイ　ヨイ　タン　タン　タン

《協力》
久保カズ子（昭和十二年四月小学校入学）
大西温子先生（六年生担任）
（昭和十七年三月〜昭和十八年三月）

伊吹島唱歌

作者不明

四国本土を後にして
西へ西へと船の旅
静けき澄める瀬戸の海
やがて着いたる伊吹島

石の歩道をてくてくと
登りつめれば本街道
島の文化の中心地
いらかを連ねる小学校

はるかに見上げる八幡宮
もみじや桜のチラホラと
神様いませる宮柱
永遠に島を静めかし

石やセメントの道の網
右や左やあちこちと
お産デベヤはどこですか
とえば答える島娘

築港《ちっこう》の先に船浮かべ
のどけき春の島回り
岩屋を越えて松林

桜の彼方に不動が峰
赤岩越えて西浦浜《にしら》
エンヤエンヤの声高く
赤いタスキにみのつけて
娘の声もまじるなり

わらべ唄

雨がしょぼしょぼ降る晩に
まめだが徳利持って酒買いに
酒屋の門で酒まいて
いんで（帰って）おかか（母）にびやあかれて（怒られる）

タンスの中に入れられて
おまん三つで泣きやんだ

お月さん　年なんぼ
十三、九つ、七八つ　そりゃまだ若い
若けりゃ紅つけかねつけ
庄屋の嫁にしよ

高い山から谷底見れば
瓜やなすびが舞をまうの
（はりわわの　らんらん　こりゃわの　らんらん）

よんべ生まれたとら猫が

さかいけ剪って　髪結うて
ソロバン橋を渡るとて
がぁね（かに）にきんだまはさまれて
こいたちこいたちごんべどの
まるやまこいせ　家建てて
家のめくらへごまふって
ごまは仏のきらいもの

油は仏のおみあかし

せっせっせーばらりこせー
夏も近づく八十八夜　トントン
野にも山にも若葉が茂る　トントン

あれに見えるは茶摘みじゃないか　トントン
あかねだすきにすげの笠

ひとつひよこが米のまゝ　タイリョクテンテン
ふたつ船乗り船頭さんが　タイリョクテンテン
みっつつみなさんおもちゃが　タイリョクテンテン
よっつ横浜芸者さんが　タイリョクテンテン
いつつ医者さんのお薬箱　タイリョクテンテン
むっつ昔のよろいが　タイリョクテンテン
ななつ泣く子にやねぶりこが　タイリョクテンテン
やっつ山から柴の葉が　タイリョクテンテン
ここのつ子どもがおはん持って　タイリョクテンテン
とおで殿様お馬に乗って　ハイドウハイドウ

金田一春彦先生の歌碑　伊吹島にて

言語学者、金田一春彦先生が伊吹島の言語調査に来た時に詠まれた歌が二首あります。

一首は歌碑に、

緑濃き
豊かな島や
かかる地を
故郷に持たば
幸せならん
春彦

裏面

○記

伊吹島のことばのアクセントは昭和四十年学生だった妹尾修子さん、和田實先生により国語学界に報告され、昭和五十八年、金田一春彦先生も来島され、全国でただ一ヶ所、平安鎌倉の京都のアクセントを遺している島として紹介されました。いつまでも、緑豊かな、心豊かな島であってほしいという願いを込め歌碑を建立する。

平成十六年秋

伊吹町自治会

伊吹島を愛する会

金田一春彦先生の歌碑

記

私は東京生まれで東京育ちで、人々が助け合い、心豊かな生活がある島の暮らしは素晴らしいと詠んでいます。

『いりこの島　伊吹っ子に生まれて』を出版するにあたり、多くの友人、島の方々、出版社の方々のお力添えを頂き、感謝致します。

ありがとうございました。

戦中、戦後の激動の時代を生きてきて八十年、若い人たちに私たちの戦争体験を読んでいただき、少しでもお役に立てば幸いです。

万喜

用語解説

※5……阿波木偶《でこ》箱まわし保存会の門付けがある

※6……伊吹島・股島・円上島にえびすの社《やしろ》が七ケ所あり、七浦七恵比寿といわれ、港まつりの時、お参りします

伊吹島の紹介

伊吹八幡神社　秋祭り
３台の太鼓台が奉納される

瀬戸内海国立公園
有明浜の「銭形砂絵」と伊吹島

伊吹島は海底火山が隆起して島になった。火山活動の痕跡が残る「石門」

早朝大きなエンジン音とともに一斉に出漁するイワシ網漁の船

獲れたイワシを網船から運搬船に移し替える作業。6月から9月のイワシ網漁の様子

伊吹八幡神社　秋祭りの「神輿船」で神輿を積んで島を一周する

桜の古木200本　浪切不動尊参道の桜並木　沖から花見ができる桜の名所

私を育んでくれた瀬戸内海の小さな伊吹島　上空からはハート型に見える

著者プロフィール

万喜（まき）

香川県観音寺市伊吹町
谷光晴・静子の長女
昭和17年11月7日生まれ
昭和36年3月、香川県立観音寺商業高等学校家庭科卒業
著書に『今は亡き照幸先生と語ります 「しんごの里」』（文芸社、2022年）がある

いりこの島　伊吹っ子に生まれて

2023年10月15日　初版第1刷発行

著　者　万喜
発行者　瓜谷 綱延
発行所　株式会社文芸社
〒160-0022　東京都新宿区新宿1－10－1
電話　03-5369-3060（代表）
03-5369-2299（販売）

印刷所　株式会社フクイン

ISBN978-4-286-24432-7　JASRAC 出 2304191－301